초식공룡이 사는 마을

예술가시선 10

초식공룡이 사는 마을

초판 1쇄 발행 2017년 01월 07일

저 자 김동헌
발행인 한영예
펴낸곳 예술가

주 소 서울특별시 송파구 문정로13길 15-17, 201호
등 록 제2014-000085호
전 화 02) 2676-2102
이메일 kuenstler1@naver.com

ⓒ 김동헌, 2017
ISBN 979-11-87081-03-6 03810

이 도서의 국립중앙도서관 출판예정도서목록(CIP)은 서지정보유통지원시스템 홈페이지
(http://seoji.nl.go.kr)와 국가자료공동목록시스템(http://www.nl.go.kr/kolisnet)
에서 이용하실 수 있습니다. (CIP제어번호 : CIP2016032100)

초식공룡이 사는 마을

김동헌 시집

2017

시인의 말

기표와 기의
그 공간 사이를 흐르는 강물 위에 지은
이 막막한 집 한 채.

초식공룡이 사는 마을

차례

시인의 말

제1부 삶

13 • 탁

15 • 백련암

17 • 포고령 18

20 • 녹

21 • 落照賦

23 • 어떤 아르바이트

25 • 천국

27 • 감포에서

30 • 고요한 동강

31 • 꽃과 나비

33 • 물한리에서

35 • 산길

37 • 미궁

39 • 시간의 비늘

41 • 이 별에서 그대를 만나고 싶다

제2부 사랑

우물 • 45

단풍 • 46

봄밤 • 48

꽃과 나비 2 • 49

배꼽동맥 • 51

不眠 • 52

환지통 • 54

어떤 허무에 대하여 • 55

빅뱅 • 56

바보 • 57

새벽, 목포항 • 58

밤비 • 60

강에게 • 61

滿月 • 62

제3부 죽음

67 • 부고

68 • 수술

69 • 산책

71 • 길을 잃고서

72 • 病

74 • 새벽에 일어나서

76 • 초대

78 • 바람 소리를 들으며

79 • 哀歌

81 • 새벽이 오지 않는다

82 • 로드 킬

84 • 달

85 • 조의제문

86 • 晚歌

89 • 환생

제4부 자연

섬단풍나무 • 93

둘레길 정경 • 94

나무가 자라는 마을 • 95

小雪의 시 • 96

탐진강 일기 • 97

낙산사에서 • 99

시월의 노래 • 100

겨울 산 • 101

숲 • 102

눈 • 104

고원에서 • 105

開花 • 107

봄꽃 • 108

꽃 • 109

해설 | 멜랑콜리의 영원회귀─박찬일 • 111

제1부

삶

탁

반복이 반복되는 하루를

귀하는 잘도 건너서 이 밤으로 왔군요.

저무는 밤의 어귀를 지나, 어라!

여기저기 백골이 걸어 다니는 번화가를 지나

귀하는 나비처럼 날아서

흔적 없이 어둠의 근골 속으로 스며드는군요

살아 있다고 살고 있다고 철석같이 믿고 있는

귀하의 이름 아래에는

피로 흘려 쓴 謹弔 두 글자가 흐릿하고

화분의 흰 국화도 시나브로 시들어 버렸군요.

반복이 반복되는 나라에 오신 것을 환영합니다.

귀하는 잠시 죽음을 연습하다가

부활을 경험하기도 할 것이며

뼈 빠지게 일하다가

뼈도 못 추리고 백골로도 남지 못할 것이며

꽃처럼 시들어가고, 별처럼 희미하게 스러질 것입니다.

무한 반복의 천국 이곳에 오신 귀하는

만화경이 흐르는 엘이디 화면과

대낮처럼 빛나는 엘이디 등을 피해
지치신 듯 꿈나라로 가시는군요.
그렇다면 이제 당신 눈에 빛나는 저 빛을 꺼드리지요.

탁!

백련암
—풍경 6

허공이 팽팽히 시위를 당긴다.

동박새가 쏜 살로 난다.

백련암*을 끌고, 허공을 스윽 가른다.

노을 쏟아진 숲 온통 붉다.

속마음조차 붉게 물드는 이 자리

바람도 낮은 방향으로 흔들린다.

영혼도 쏜 살처럼 난다.

숲이 나뉜다, 法身이 갈라진다.

하화중생상구보리

간절한 마음이 마음을 향해 간다.

중생이 수천이다, 부처가 수만이다.

* 전남 강진에 있는 작은 절이다.

포고령 18

—백남기 농민을 기리며

이 거리에서
너는 사람이 아니다.

우리가 규정한 대로 살고
우리의 규정을 따라 죽어라.
죽음의 이유조차도 묻지 마라.
우리가 정한 규정대로 가라.

우리가 네 주검으로 무슨
거래를 했던 중요치 않다.
우리가 네 생명에 가한 위해가
무엇인지도 중요치 않다.

이 거리에서
사람을 말하지 마라.

권리를 주장하지 마라.
의무를 다해라 끊임없이

너를 비워라 숙이고 또 숙이라
중요한 것은 이것이다 너희는
자유인이 아니라는 것.

문명을 믿지 마라 법과 규정도
믿지 마라 우리를 위한 것을 너희를
위한 것이라고 착각하지도 마라
따지고 덤비지도 마라 감히!

이의를 제기하지 마라 네가
자유민이라고 생각하지 마라
죽어도 죽지 마라 우리가 허락할 때까지
호곡도 매장도 하지 마라.

이 거리에서
우리는 너의 신이다.

경배하라 야만의 거리에서

떠나지 마라 우리 자리로 오지 마라.

거기서 침묵하고 네 자리에서 경배하라.

도전하지 마라 조용히 따르라 따르라.

녹

철근의 삶은 녹으로 기억된다.

저 산화한 철근의 흔적
벽을 붉게 물들이며 흘러내리거나
제 몸의 부식으로 다하여 사라지는 강철의 정체성

저 곤고한 부식의 흔적
너를 붉게 물들이며 흘러내리거나
제 몸을 다 녹인 후 근본 없이 사라지는 후회

붉은 얼룩으로
네 삶의 곤고한 벽에 마침내 흐를
멀고도 가까운, 남루한 내 눈물방울.

落照賦

떨어지거라 불덩어리여.
초하의 경치 머금고 떨어져
맹골과 거차 사이 수로에 잠기거라.

거기
깊은 어두움 속에서 스러져간
어린 영혼들의 심연 같은 외로움을 밝히거라.

거기
맹골수로*의 검푸른 물결을 밝히거라.
어른을 믿고, 기다리던 순수한 영혼들 밝히거라.

타오르거라.
6노트의 물살에 휩쓸려간 내 꽃잎들이여.
타올라 저 모오든 불의를 사르거라.

솟아나거라.
이제 스스로 빛날 아들이여, 딸이여!

부끄럼 없이 이 땅에 다시 살아 세상 밝히거라.

* 이곳에서 침몰한 세월호는 아직 인양되지 않았다.
  희생자는 사망 295명, 실종 9명 등 총 304명이다.

어떤 아르바이트

술은 입에도 대지 않던 내가
취중이든 아니든 헛말하는 것도
싫어하던 내가 술통을 나른다
평생을 밥통같이 살아오던 내가 내
밥통을 지키는데 철없던 내가 자식 밥통
지키려 녀석과의 소박한 행복 지키려
그 한 끼의 행복을 위해 술통을 나르며
시를 쓴다 시는 살아내는 일일 거라는
생각을 하며 냄새나는 술박스를 나르고
알코올 냄새에 찌든 빈병을 나르고 시를 쓴다
이런 일에 초짜인 나는 그저 힘으로
힘으로만 부딪히면서 입으로 입으로만
머리로 머리로만 살아왔던 나를 본다. 지천명이
넘어서야 나는, 겨우 술통과 밥통이 한통속임을
본다 술통을 날라야 밥통을 채울 수 있다는 것을
술 나르는 사람은 절대 술 취하면 안 된다는 것을
아아, 마실 것에 취하든 먹을 것에 취하든
인생은 시끄럽고 무거운 빈병처럼 몇 십 원의

가치밖에 되지 않는 것일 거라는 것을
 그 가볍고도 가여운 가치들이 모여
세상을 만들고 시를 이룬다는 것을
본다.

천국

티브이 소리 죽이니
세상이 만화경 속이다

살얼음판 같은 세상에서
차들이 미끄러지고
새들은 화보가 된다

음이 사라진 세상에서
사람들은 서로 스쳐 미끄러지고
바람조차 정물이 된다

            *

귀 어두워진 어머니는
전보다 더 편안하시다.

소리들로 번민했던
한 여인의 생애는
난청이 오고서야

비로소 안정된 것인가

뭐라고
뭐라고
뭐라고
반문하시고도
정작 어떤 말에도 예민하지 않고
끄덕끄덕, 끄덕끄덕 아이처럼 편안하시다

                *

음이 소거된 세상
늙으신 내 어머니의 조용한 천국.

감포에서

바람의 아들이여
네 혼조차 고이 잠들지 못하는 바다
으르렁대는 동해를 지키는 너는
海神도 되지 못하고
포세이돈도 되지 못하고
갈매기의 발판
넘실대며 대양의 머리채를 뒤집는
참빗 같은 바위틈에 서서
토함산 너머너머
덕업일신 망라사방의 몰락을
바라만 보았는가.
바라만 보았는가, 바람의 아들이여
무열의 능을 지나 불국정토를 지나
감포 푸른 물을 바라보던 네 상여는
수중 잠저에서 무엇이 되었는가.
무엇이 되었길래
바람의 아들이여 파도치는 네 집 앞
이 백사장엔 갈매기 호곡이

이리도 낭자한가.

죽어 부처가 되지 못하고
살아 사람도 되지 못하고
저 서라벌에 흔한 백골도 되지 못하고
평생을 달려도 나의 땅에 이르지 못하고
좁은 돌 틈에서 다시 천 년을 살아야 하리
부왕의 나라에 속절없는 전설이 되어
천 년을 다시 그렇게 살아야 하리
되다만 부처는 아귀가 되고
되다만 백골은 진토가 되는 세상
대양의 파도에 쓸려서 떠나긴 싫어
여기 바로 여기
내 원망스런 종교와 무너진 사랑이 있는
여기 바로 이 자리
내가 일어서고 내가 스러진 자리에
한갓 문무의 이름으로 남아
고도를 지키는 혼불 되리

바람의 아들이여

그대 머리 위 浮雲 속에서 天馬가 부른다

항왜 항왜 파도가 부서진다

푸른 물보라가 피어오른다

네가 마침내 네 아들이 되어

빛난다 바람의 아들이여

돌무덤 위로

때론 잔잔하고 때론 폭발하는

물결 같은 시간 위로

자멸하거라 수호신 되겠다는 다짐 잊고

한 점 물보라 되어 허공에 흩어지거라

이름을 잊고 이름을 잊고

감포 푸른 물에 잠들거라 고요히!

무거운 갑주도 벗고, 화려한 용포도 벗고

네 뼛속 깊은 골풍의 저주도 벗고

뽀얀 몸 동해에 씻어

은하수 되거라

비로소 꿈에 들거라.

고요한 동강

내 죄가 생목을 옥죄는 밤
나는 도대체 세상이 낯설어
잠 못 들고 우는 동강을 본다.
강이 된 죄로 산맥 아래에 엎드려
고요히 밤을 품고 흐르는 강물은
이슥토록 저 별빛만큼의 어두움을
뭉클 제 몸 위로 내려놓는 것인데
아아 네 사랑의 눈빛이 내게 여울진
딱 그만큼 내게서 멀어져 간 것들
아니 내가 나 되어 흐른 모든 일들이
내 죄로구나
네 그늘로 밝혀 기꺼이 살아낸 날들이
새벽이 되어 내 목을 옥죄는구나
꺼이꺼이 울면서 생각하느니
고요히 계곡을 가르며 흐르는 동강처럼
내게 영영 올 수 없는 너를
조용히 안고서 흘러가야 할
나만의 그늘진 강이 있음을
처연히 느끼는 것이다.

꽃과 나비

1
나에게 너는 전쟁이다. 유린이다. 짓밟아
뭉개도 모른 척 해야 할 폭군이다. 나를
분화시키고 나를 죽여 다시 살리는
全知全能이다.

2
나에게 너는 充滿이다. 원시적 욕망이
숨쉬는 자궁이다. 홀로 맛보고 싶은
성찬이다. 어쩔 수 없이 공유해야 할
아픈 사랑이다.

3
꽃은 나비를 가진 줄 안다.

나비는 꽃에 앉은 줄 안다.

착각은 고뇌를 부르고

고뇌는 이상한 세상을 만든다.

4

꽃이 날아오를 때가 있다.

나비도 날지 못하는 때가 있다.

이상한 세상에선 심심찮게 있는 일이다.

물한리에서

물한리에서 박심*을 본다
누이와 내가 국민학교 다니며
저 산 저 멀리 저 언덕에는
불러재끼던 노래, 그 노래들은 다 어디로 갔나.
이 고원엔 시커먼 탄가루도 쨍쨍쨍
울려퍼지던 소리개차의 첫소리도
카아바이트 등을 검은 마빡에 달고
꾸역꾸역 막장을 살아내던 사내들도
사내의 부재를 고작 화투질로 버티던
가랑이만 뜨겁던 막장 같은 여인들도
없다. 이젠
탄좌의 GMC 트럭 쿨렁쿨렁 내달리던
좁은 운탄로 옆으로 한 움큼 곰취가 푸르고
11광구에서 9광구로 흐르던 먹빛 냇물엔
가재가 논다
물한리도 박심재도 이름은 선명한데
나이 어린 내가 우르르 우르르
달음질치던 그곳은 없고

고장난 내비게이션처럼
나는 그저 기웃거리기만 했다.

* 강원도 정선군 고한읍과 영월군 상동읍 사이에 있는 태백산맥
백운산 정상 부근의 고원마을이다.

산길

1
마침내 눈 오는가
발밑이 하얗고 코끝이
쨍하다 싸라락 싸라락
저 햇발들 얼음 속에 숨었던
물주머니들 당신이 오시는가
떨어져 쌓이는 신의 자존심.

2
나는 돌아가리라 저 北녘의
동토를 파고 눈과 함께 묻히는
한 생이 귓불을 시리게 한다
겨울나무처럼 응달에서 자랄
저승의 삶 걸어 시오리 이승과
지척인데 산역꾼도 없이 號哭도
없이 포크레인 엔진으로 다져지는
산길 내 몸 위에 난 살아 있는
것들의 길 마침내 눈 덮인 雪菊.

3

백조의 호수를 들으며 바이칼로 가는 길 그곳은
모든 것이 흰 눈으로 덮여 있으리. 이름 모를 물고기는
따스한 물속에 있고 너와 나 일 미터나 언 얼음을 깨고
먼 호수에 길을 내리라 백조의 호수를 들으며 바이칼로
가는 길 굴곡진 인생의 뒤란에서 내 몸 안에 깊고 적막한
산길을 본다. 눈 쌓여 고독한 인간의 길 백조의 호수는
사람의 호수.
弔鐘이 울린다.

미궁

동굴에서 길을 잃었다.
하긴 길은 애초부터 없었다.
없는 길을 잃었으니 더 낭패다.
발 딛는 곳마다 허방 허방 일어설
때마다 어둠은 정수리를 내리눌렀다.

숙여라
숙여라
숙여야 산다, 숙여야 산다.

어디선가
동굴에 적응한 눈빛이
용하게 속삭였다. 시야가 어둠으로
폐기되었다. 생각 속에 길이 여럿
보였다. 레이더를 믿고 야간 비행하는
함재기처럼 수많은 길 중 하나를 따라
가면 발밑이 푹 꺼지도록 깊은 어둠

어둠은 냉정하다
길 잃은 사지에 상처를 입히고
뒤통수를 치고 발목을 꺾는다.
동굴에서 다른 동굴을 꿈꾸며
통로를 꿈꾸며 점점 어두워진다.

어둠의 닻 내린 자리
어쩌면 길이 보일지도 모른다.

시간의 비늘

둥근달이 떴다.
하늘이 둥글어지고 땅에서 곡선이 사라졌다.

반달이 떴다.
반쪽짜리 하늘이 뜨고, 지상이 弓形으로 기울어진다.

둥근 시간이 지나가고
반쪽짜리 시간이 지나간다.

(무형의 시간은 도형의 집합체다)

나는 둥글 때도 있고, 弓形일 때도 있어서
흐르는 시간의 비늘 사이에서 변신 중이다.

지는 달 있듯 지는 시간도 있고
그 속에 흔적도 없이 스미려는 내가 있다.

나는 모든 것이 되었다가

모든 것이 되지 않기도 한다.

(신의 소리에 놀란다, 내 신성에 놀란다)

모든 것이었다가 아무것도 아니기도 한
비늘 사이로 시간 새는 소리여 오래된 이 울림이여.

이 별에서 그대를 만나고 싶다

하늘에서 만납시다.
당신 말했지만 이 별에서 그대를 만나고 싶다.
관념의 그대 아닌 실체의 그대 안고 싶다.
아침에 새들이 날 듯, 햇살에 바람이 비끼듯
그렇게 그대를 만나고 싶다.

추모공원은 물위에 떠 있다.
어디선가 피어올라 스며든 연기
매운 내음 삶과 죽음이 뒤섞인 냄새
나도 언젠가는 저렇게 구천을 떠돌리
뼈도 살도 다 태워 날리는 재 되리
추모공원은 물위에 떠 있다.

그대와 수많은 그대들 눈물 뿌리던 자리
조석으로 머리 흰 새들과
검은 머리 새들 울고 있는 곳
수많은 그대들 삶 부려놓고
하늘로 서방으로 사라지고 없어진 곳.

작은 재 넘는 차들은
질주하며 소릴 지르고
빈들이다 빈 하늘이다.
하늘에서 만나자던 당신이여
몸 없이 떠돌다 자욱한 연기되어
아무 차나 올라타고 달리다 내리다 한다.
몸 얻지 못하고 하늘과 땅 사이에
있고 또 없다.

추모공원은 물위에 떠 있다.
구름 지나간다, 바람 지나간다.
일 없이 물결 일었다가 이내
잔잔해진다 새들 날고 차는 달리고
연기는 푸르게 피어오르다 꿈처럼 사라진다.
아직 살아 여기서 나는 본다
이 별에서 그대를 만나고 싶다.

제2부

사랑

우물

나를 퍼내다오.
내 깊은 심연의 어둠을 퍼내다오.

당신의 흔적까지 퍼내고 또 퍼내야
내 안에 가득 나를 채울 수 있으니
티 없는 하늘과 붉은 노을 담을 수 있으니.

나를 퍼내다오.
내 비밀의 상흔을 퍼내다오.

나의 당신과 당신의 나를,
담아두고 썩어가는 마음을, 퍼내다오.
내 작은 우주에 순결한 나를 채울 수 있게.

퍼내다오. 나를
퍼내다오. 홀로 차올라 외로운 내 눈물을.

단풍
—화절령*에서

이것은 차마 부치지 못한
절절한 戀書.

준봉의 등뼈에 박힌
서러운 血痕.

화절령 가득
꽃으로 범람하던 봄

晚秋의 선홍빛
斷腸으로

후두둑
후두둑

피네
지네.

바람 자고
뭇별 뜨면

雪花로나 쌓일
내 고단한 花折의 날들이여.

화절령 심산에
아직 고여 있을 옛 사람이여.

홀로 초연한 저
혼불이여.

*강원도 영월군 직동의 화절치 마을과 정선군 고한의 경계가
  되는 고개.

봄밤

봄비에 젖는 밤 그림자
밤비에 웃는 봄 그림자

내 꿈은 봄비 내리는 밤에 부는 고원의 바람

어디로 가야 하나
밤 그림자에 눌린 몸 벗을 수 없는데
봄 그림자에 웃는 사람의 아들

봄밤에 서성이는 당신 그림자

명치끝에서 피어나는 아득한 꽃비.

꽃과 나비 2

나비의 촉수에
다른 향기가 나도
꽃은 기꺼이 나비를 받는다.

자신의 꽃잎에도
다른 촉수의
흔적이 있기 때문이다.

꽃잎에
다른 자취가 어려도
나비는 기꺼이 꽃에 취한다.

자신의 촉수에도
다른 꽃잎의
흔적이 있기 때문이다.

꽃과 나비는
자연을 투기하지 않는다.

그저 서로가 서로를 원한다.

당신 몸에서
다른 향기가 나는 것은
살아 있기 때문이다.

내 몸에서
다른 자취가 보이는 것은
살아 있기 때문이다.

죽은 나비여 날지 못하리.
죽은 꽃이여 피지 못하리.

배꼽동맥*

피가 흐르지 않아요.
우리가 한몸이었던 흔적은 퇴화되어
화석이 되었군요 화석이 되었군요.
그대가 내게로 흐르던 길
내가 그대 향해 흐르던 길
어두운 크레이터가 되었네요.
길의 끝에서
우주가 시작된다는 것을
보이지 않는 염려가
나를 태워 나를 흔든다는 것을
우리의 흔적을 보며
퇴화된 혈관이 지탱하고 있는 기억을
되새김질하는 마음 그대는 아시지요?
서로가 서로에게 전부였던
그 생명의 시절을 거슬러
그대에게 흘러가요.
중심에 이를 때까지.

*태아의 배꼽구멍을 통해 탯줄을 지나 태반과 잇대어 있는 핏줄.

不眠

접촉한 두 물체 사이에는 반드시 물질교환이 일어난다.

—에르몽 로카드

당신은 다른 당신의 등가물
내가 당신의 일부이듯
당신 역시 누군가의 일부라는 것
잊고 산 대가는 참혹하네.

세상 모든 것이 교환되고
세상 모든 것이 호환되고
세상 모든 것이 환원되는 것을
잊고 살아온 대가는 참혹하네.

당신에게 남은 다른 당신의 흔적이
나를 칼로 저미듯
내게 남은 누군가의 흔적이
당신을 벨 것이라는 엄숙한 진실.

우리가 만나
서로에게 물들었던 것처럼

당신의 당신을 만났을 때
둘이 스며들어 하나된 것은 자명한 일.

사랑한다는 말은
당신을 스친 수많은 인연도
사랑한다는 준엄한 고백.

사랑의 말은
이토록 힘겹고 무거운
고해성사.

나만의 널 잃고 보네.
피철갑이 되어 누운
한 사람.

환지통

그대와 이별한 뒤 지독한 환지통*을 앓았습니다
그대가 나로 육화된 듯 가슴을 쓸어보고 손마디
마디에 물끄러미 눈길을 줍니다. 가까이 계실 것만
같은 그대 내 속에 날마다 날마다 살아나 우리 시간
들을 소리 없이 부릅니다. 돌아오지 못하는 시간
되돌리기 힘든 기억은 환지통처럼 나를 들뜨게 합니다.
내 감각이 그대를 봅니다. 바람 속에서, 구름 속에서
나뭇잎 속에서, 원래 하나였던 우리 자연으로 스며 먼
꿈이라도 함께 꿀 모양입니다.

*질병의학용어. 절단해 없어진 사지에서 느껴지는 통증을 말한다.

어떤 허무에 대하여

9.2초의 끌림
775일의 사랑

안드로스테론의 법칙은
틀려먹은 것 같다.

45일이 더 갔으니까.

사랑은 오래 참지 않습니다.
사랑은 호르몬의 장난일 뿐입니다.

인간은 교미의 계절이 없다.
늘 섰다가 다시 무너진다.

그 자리에 쌓인 것
허무다.

빅뱅

한 점이었던 우리가 팽창해 마침내
폭발한 것은 그 빌어먹을 사랑 때문이었다.
우주가 무한 팽창하듯, 서로에게 작용하는 引力은
무한한 斥力의 근원이 되어 너를, 나를
은하 너머로 흩어 놓았다 가끔 내 안에
많이 자란 너는 별이 되기도 하고 가끔 네 안에
많이 자란 나는 바람으로 넘치기도 하겠지만
별의 명암에서 그대를 볼 것이고
바람의 결에서 나를 만날 것이다.
결국, 별이든 바람이든 너든 나든
우주의 한 점
그것이 폭발해 흩어진 파편임을 알 것이다.
알 것이다. 너와 내가 또 다른 우주되기 위해
때론 사랑하고 때론 미워했음을.
알 것이다. 천 년은 흐르고 흘러야 겨우 살짝
스칠 눈물겨운 유성이었음을.

바보

숲에 가면
숲이 사라지고
산 오르면
산이 사라진다.

나를 보면
내가 없고
네게로 가면
네가 사라진다.

다가서지 말아야 하는데
제자리에 있어야 하는데

바보 같은 나
오늘도 숲에 들고 산 오르고
내 안을 기웃대고 네게로 간다.

새벽, 목포항

불빛이 들어온다.
빙설의 어둠을 그으며
먼 바다로부터 고단하고 지친
한 점 빛이 들어온다.

바다는 아직 밤처럼 고요하고
내 걸음마다 이는 바람, 바람

소리가 들어온다.
으르렁대는 칠흑의 하울링
바다 담은 사내의 흔들리는
마음이 들어온다.

너는 아직 꿈처럼 푸르고
네 항로 위에는 온통 꿈틀거리는 너

그대가 돌아온다.
밤배 같은 그대, 그대가 돌아온다.

찬 새벽 위로 미끄러지듯 달리는 魂
젊어 빛나는 눈빛이 들어온다.

널 떠나기 위한 출항이
널 향한 회항이 되고 말았다 젊음아.

내가 떠나간다.
미명의 그림자에도 놀라
도도한 은결의 평원을 헤치고
붉은 해를 향해 가는 이카루스의 항해

네 가슴앓이가 내 가슴앓이 되어
너를 떠난다, 나를 찾아서.

밤비

네 눈에 고이는
눈물

내 심장에 고이는
핏물

어느덧 스스로 어두워진 우릴
쏴아악 쏴아악, 가르는
막야의 劍.

눈물 위에 피다
가슴속에 흐르다

이 세상을 적시며
저 세상으로 흐르는
저 쓸쓸한 사람의 등판

밤에 빛나다
심장에 박히다.

강에게

너를 밝히며
어둠의 품속으로 스며드는 불빛이
숯불 같다는 말
물살에 휘감기며 퍼덕이던
네 섬광의 말은
밤보다 더 멀리서 달려와 내게 번진다.
강이여.
너 기어이 흐르고 흘러서
마침내 어룽어룽 물의 살이 되거나
내 안에 흘러들어 목 놓아 울게 하거나
그것도 아니라면, 그것도 아니라면
네 고요하고 포근한 품을 따라
나 또한 흐르고 흘러서
어디 환장하게 쓸쓸한 하구에
수초로나 흔들리며
이젠 됐다 이젠 됐다
강이여
내 사랑이여
고백할 수 있을까?

滿月

기가 찰 일이다.
네가 나를 버리고 떠난 자리마다
떨어지는 눈물이라니
깊어가는 한숨이라니
네 기어이 시선을 굽히고 주워 담아
긴긴 세월을 견디었느니
무릎을 꿇고 너를 받아
내 안에 차곡차곡 쌓으면 언젠가는
너도 환한 얼굴로 내 품에 온전히
차오르는 빛이 되려니
네 빛으로 내 인고의 시간
쉬이 네게 줘버린 순정도
꽃으로 피어나려니 했다.
네가 나를 버리고 떠난 그날
달무리처럼 커다란 구멍이
앙가슴에 바람 길을 내었나니
요나처럼, 요나처럼
불신의 거울을 주문처럼 닦으며

고인 물로 나를 속이며

세상을 속이었나니

더 이상 버겁게 차오르지 못하고

푸시시 푸시시 심장을 벼려

시퍼런 장도를 만들었나니

눈물같이 익숙한 내 몸을

굴욕의 네가 범할 때마다

단말마의 손짓으로 너를 찢어

저리 푸르고 시린 빙벽의 달을 만들었나니.

제3부

죽음

부고

느닷없는 부고를 보낸
상주의 얼굴은 담담했다.
사인은 심정지, 그렇지, 그렇지
심장이 멈추는데 더 살 도리 없었으리.
꽉 들어찬 화환이 생경한 이곳 상청
부고를 보고 달려온 이들도
담담하긴 마찬가지라
서로 뜨악한 얼굴로 향 피워 재배하고
상주 손 맞잡고 조용히 흔들다가
아! 그래 그래 밥 먹어야지
된장국에 밥 말거나
소주잔 기울이며 넋이라도 나간 듯
두런대다가
휴대폰 들여다보며 짐짓 바쁜 척하며
아귀지옥의 인파 속으로
휩쓸려 나가는 등판마다

訃告, 日收로 찍힌다.

수술

배를 가르면
내 깊은 절망이나 외로움 따위의
흔적이라도 찾을 수 있을 줄 알았지
빌어먹을
고깃덩어리처럼 잘리고 기워진 복강
아프다, 아프다, 아프기만 하다
하지만 나는 신음조차 않는다.
묵묵히 배를 움켜쥐고 미간을 찡그릴 뿐
몸을 떠난 내 부패한 육욕을
냄새나는 염증 덩어리를
어디쯤에 함부로 버렸는지 모르지만
이 한심하고 느닷없는 장기의 적출로
원죄의 흉흉한 그늘에서 잠시
벗어날 수 있기를 바라면서
아픈 배를 끌어안고 힘주니
악취가 진동한다.

망했다. 똥주머니.
널 구한 내가 잘못이다.

산책

비대칭의 길이 비틀거린다.

나는 죽어도 흔들리기 싫지만
취한 길 때문에 이러는 것이라고
스스로 위로하며 지팡이를 짚고
푹푹 꺼지는 땅을 두드린다.

열려라 문아
열려라 문아.

이렇게 걸으면
흔들림 없기를

이렇게 걸으면
반듯한 곳으로 가는 문 열리기를.

비스듬한 세상
모로 누운 세상
돌지 않으면 어지러운 이 세상이

이명을 만들고
메니에르를 만들고
기타 등등의 병을 만들어 나를 흔든다만

지팡이를 의지해서 걷다보면
몰락하지 않은 예전의 나로 통하는
문이 열릴 것 같아서

비틀대지 않던 내 길 만날 것 같아서
참을 忍자를 미간에 그리며
걷고 또 걷는 산책길

비대칭의 땅이 나를 덮친다.

길을 잃고서

산에 갔습니다.
거기 있던 푸른 산, 보이지 않고
고사목과 돌무더기만 보였습니다.

바다에 갔습니다.
넘실대던 파도는 안 보이고,
모래밭에 깊이 난 물의 흔적만 보고 왔습니다.

거리로 갔습니다.
사람은 보이지 않고
정체불명의 외계인만 보았습니다.

그대에게 닿으려 했습니다.
하지만 그대는 없고
유골의 시간만 잔뿌리를 내리고 있었습니다.

이 별에서는
나조차 희미합니다.
흔적을 찾을 수도 없습니다.

病

썩어가는 몸을 사랑하는 자여.
부패에서 영생을 꿈꾸는 자여.
너를 위해 잠 못 이루는 밤
내 불면을 받들어 그대에게 바친다.

모든 것을 삼키는 이여.
죽어도 죽지 않는 침묵의 포식자여.
병은 무릇 정상적인 것을 먹어치워
비정상적으로 번식하는 것.

존엄이나 남루나
사랑이나 미움이나
가난이나 물신이나
산이나 강에게 두루 공평한 자여.

공평무사해 찬양받을 자여.
개체를 죽여 전체의
균형을 맞추는 전능자여.

나를 주장하는 익명의 권세여.

너를 밀치고
꾸역꾸역 내가 간다.
살아서 죽은 눈물이 간다.

새벽에 일어나서

첫닭이 울고 새벽이 온다.
뜬눈으로 새운 지난밤을 딛고
벌떡 일어나 두 다리에 힘을 준다.
비겁하게 스스로를 부인하며
연명의 삶을 살아가겠지만
그 역시 숙명이라면
잠 못 드는 밤 잠 못 들고
새벽이면 일어나서
당연히, 당연히 살아내야 함을 안다.
징징대는 건 내 몫이 아니다.
기꺼이 일어나 위선의 세수로
밤의 역사를 지우고
오늘을 맞아야 한다. 그리고
오늘도 죽고, 죽고, 또 죽어서
내 은혜의 시간을 단축시켜야 한다.
당위인 절명을 기쁘게 연습해야 한다.
점점 정체를 드러내는 아침 산을 보며
씁쓸한 하루를 기꺼이 마셔야 한다.

인지의 모든 순간들을
온몸으로 살아야 한다.
이 벌건 부끄러움을
당당히 부끄러워할 때
마침내 나는 죽음의 접경에 가 닿을 것이고
부끄러움이 많아 얼굴 감추는
신의 얼굴을 말갛게 볼 수 있을 것이다.
첫닭이 미명을 몰고 가면
무덤의 시간을 가르는 빈 배가 보인다.
초췌한 사람의 아들이 보인다.

초대

제 장례식에 오세요.
딱 삼일 동안 당신을 기다리지요.

몸 벗으니 내가 온전히 보여요. 당신도
비로소 온전히 보여요.
우리인 우리, 나인 당신
상청에 오셔서 피와 살을 나누세요.
소멸을 비웃으며 성찬을 즐기세요.
내 장례식엔 눈물 따윈 들이지 않겠어요.
이제야 당신을 모신 나를
한잔 술로도 위로하지 마세요. 그저
동태국에 밥이나 많이 말아 드시고 내가
나를 버렸듯 당신도 나를 떠나세요.
어두워지는 창 열고 먼 거리로 나아가세요.
바람 속으로 들어가세요. 별빛 속으로 들어가세요.
나는 한 그루 나무 될 테니 당신
그늘로 오세요. 나는 흐르는 시내 될 테니 당신
잔물결로 오세요. 장례식에 오신 기념으로

남은 삶은 당신께 드리지요.

이제 나는 당신이 되고 당신은 내가 될 거예요.

당신은 빛, 나는 그림자.

당신은 바람, 나는 구름.

당신은 물살, 나는 수초

자! 동태탕 한 그릇 더 드릴까요. 맛있으면 더 드세요.

나도 내 살과 피를 먹고 싶군요. 후루룩 후루룩

한 생을 서둘러 마신 뒤 총총히 떠나려고요. 당신은

오늘을 맛나게 드시고 밝게 웃으며 가세요.

제 장례식에 오세요.

삼일 후 나는 당신이 되겠어요.

바람 소리를 들으며

누가 날 부르는가, 문 열면 우웅웅 바람 분다.
저문 하늘을 가르며 바람이 운다.

누가 날 찾는가, 돌아보면 날아오르는 작은 새
누가 날 엿보는가, 다가서면 놀라 구르는 솔방울들.

나는 그침 없는 바람도 되고
피토하듯 우는 산새도 되고
산비탈 구르는 솔방울도 되고
길 밝히는 깊은 그늘도 되니

나 천지에 가득하고
바람도 지천에 가득하여
이 긴 시간 다리를 건너는 것이다.

더러는
텅 빈 공간이 되는 것이다.

哀歌

슬퍼하는 자, 영원히 슬퍼하게 하라.

울고 있는 자, 영원히 울게 하라.

저 분홍 꽃잎 바람에 날리는 날

나를 데리고 먼 곳으로만 떠도는 바람이여.

내 가여운 영혼도 떠돌게 하라.

가벼운 마음도 떠돌게 하라.

눈물의 파편에

희망의 새순 돋을 때까지

울고 있는 자, 그대로 울게 하고

상처받는 자, 영원히 피 흘리게 하라.

저 핏빛 선연한 골짜기에

죽어서도 영면할 수 없는 돌무덤 되게 하라.

새벽이 오지 않는다

새벽이 지나면 아침이 온다.
문제는 시간이다. 새벽을 견인할 시간이 없다.
아침을 본 지 오래다 내 시간은 온통 밤, 밤, 밤
밤으로만 흘러서 깊고, 어둡고, 고요하고, 아름답다.

고통이라는 말은 고통스러운 말이다.
저 밤같이 어두운 말이다. 아침이 오지 않는 말이다.

새벽이 오지 않는 나의 밤은
시리고 푸른 달이 떠올라서
가슴이 절개되어도 피 한 방울 나지 않는다.

처절한 환희여. 아침으로 가지 않는 시간 속에서
홀로 푸른 상처를 들여다보며
내가 더 깊어질 수 있는 길을 헤아려 본다.
내가 더 깊어질 수 있는 맘을 헤아려 본다.

로드 킬

코스모스 피투성이로 핀 길 위에
주검으로 누운 개 한 마리 본다.
하지만 개를 본다는 건 착각이다, 착시다.
내가 본 것은 상한 털가죽과 어긋난 뼈마디
흔적 없이 쪼그라든 심장의 잔해
개여 혀 물고 헐떡이다 객사하는 것이
어디 너 뿐이랴 길 위에는
숨을 쉬며 걷던 뭇 생명의
찢기고 흩어진 흔적 투성이다.
생명을 주관한다는 건
죽음을 방기한다는 것?
어떤 삶도 신의 가호 아래 있지 않음을
이제 알겠다.
그러니 자연의 순리여.
마지막 길 위에서 나 아닌 무엇으로
누웠을 내 껍질이나 내 핏덩이를
누가 기억할 것인가.
시간의 바퀴만이 나를 덮겠지.

정신없이 달리는 길 위에 뜨겁게 덮여
흙 되거나 먼지 되겠지.
피투성이인 내 위로 난 길 네가 밟고 지나가겠지.
절명한 주검 위에 별빛만 흐르겠지.

달

네 안에 익숙한 얼굴이 있다
등 돌리고 고개 숙이고
더러 눈물을 훔치면서 그렇게
한 생을 기억하는 여인이 있다.

네 품안에서 서럽게 서럽게
차오르고 차올라서
천길 벼랑 같은 여자를 견디고
서서히 이지러지는 목숨이 있다.

달이여 가슴시린 내 기억이여.
내가 마른 나무 뒤에 숨은 달무리 될 동안
너는 여전히 내 하늘이 되어
간절하게 어머니의 밤을 견디었던 것인가.

이제는 기울기만 하는
내 어머니의 무심한 날들처럼?

조의제문

散骨을 하고 불을 지르고
마침내 고운 가루 되신 당신을
흙속에 깊이 묻었는데
하이고 할배요 할배요
공중에 둥둥 떠다니시이까네
조으신교? 공중에 후이이 후이익
나래를 펼치며 더 먼 나라로 더 먼 나라로
가실 수 있으실라이껴? 멀리 더 멀리
날아가믄 하마 신을 볼 수도 있을라이껴?
당신의 어린 신부가 쉬는 구천에도 닿을 수 있니껴?
기도가 닿는 나라 기원이 빛나는 나라
그 누천년의 수많은 꿈들이 마카 모다 사는 곳이
있니껴? 참말로 있기나 하니껴?
산골로 흩어진 당신 전설의 강가에서
멱을 감니껴? 어화 너화 춤추며
서역 머나먼 길 기꺼이 오시니껴?
기도같이 종말같이 빛으로 오시니껴?
기억도 추억도 없는 그곳은 평화 평화가
비처럼 내리니껴?

晚歌

—대위 조하람*의 영전에

너를 데리고 떠나간 것이 바람이었느냐

저 고성 앞바다를 달리던 바람이었느냐

여기 화창한 봄의 전령으로 왔어야 할

하람아, 조국의 이 강과 이 산을 기쁘게

달려왔어야 할 젊음아

순간에 너를 꺾은 저 매운

운명의 뒷덜미를 움켜쥐고

살아나라 내 아들, 돌아오라 내 아들

눈물도 말라버린 부모의 가슴에 너는

호국의 간성으로 돌아왔구나 푸른

네 견장 피로 물들이고 별빛으로 돌아왔구나.

하람아 미소가 낙원 같던 제자야

네 꿈과 네 사랑하는 것들은 여기 있는데

어떤 명령에도 당당히 답하던 입술

오늘은 침묵이더냐

육군 장교의 출사표가 이리 무거워

상기도 거룩한 침묵이더냐

봄은 피어나 이토록 찬란한데

나는 눈 둘 곳 없구나 눈 둘 곳이 없구나
부끄러워서 네가 온몸으로 지킨 수많은
날들이 고맙고 부끄러워서 그런 너를 지키지
못한 것이 못내 부끄러워서 하람아 부끄러워서
나는 너를 목 놓아 부르지도 못하겠구나
아직 놓지 않아도 될 약속 아니었느냐
아직 더 키워야 할 웅비의 포부 아니었더냐
둥둥둥둥
내 귀에는 네 심장의 북소리가 들린다
둥둥두둥둥
내 귀에는 네가 치는 진군의 북소리가 들린다
기상나팔이 울린다 군호 소리가 지축을 흔든다
조국의 청년 장교여 일어나라 일어나라 아들아
일어나라 형아야 일어나라 연인아 일어나라 제자야
오오 부르짖나니 일어나라 전우야 전우야 일어나라
호국의 간성이여 일어나라
네 푸른 군복을 갑주처럼 입고 일어나 철모를 써라
칼날 같은 오른손으로 경례하고 외쳐라

대위 조하람 임무 마치고 복귀했습니다!

외쳐라 하늘아 외쳐라 땅아 외쳐라 바다야

이 못다 핀 청년 장교의 꿈을 외쳐라 사랑을 외쳐라

외쳐라 한 점 티 없이 맑은 영혼으로 부르던

그의 노래를 고귀한 한 젊은 영혼의 깊은 흔적을!

* 대위 조하람은 목포의 문태고와 경희대를 졸업하고 학군장교
로 임관한 뒤, 육군 39사단 2대대(고성대대)에서 해안전초소대장
으로 경계 작전에 임하던 중 불의의 사고로 순직했다. 그의 공적
을 기린 군은 2계급 특진을 추서했다. 조 대위는 상관과 동료 그
리고 부하들이 공히 신뢰하는 능력 있는 소대장이었다.

환생

내 오랜 잠의 끝에서
계절이 바뀌고 강산이 변한 것이
몇 번째이던가. 셀 수 없는 윤회를 벗고
내 몸을 던져 피워 올린 꽃무리들
나를 떠나간 생명의 뿌리로
흙빛 뇌의 기억 하나 두울 솎아내어
푸른 잎 되었다가 꽃 피워낸 한숨의
열매되었다가 바람 불면 이토록
가벼운 내 홀씨를 휘이 휘어이
손가락 사이로 날려
어느 깊고 먼 햇살로 부서지다가
저물 무렵이면 다시 내생의
부질없는 기쁨을 홀로 타는
석양에 묻나니 석양에 묻나니.

제4부

자연

섬단풍나무

저 뜨겁던 불구덩이의 전설
불타오르는 그 말들이
좁은 물의 통로로 차올라
시간을 어기고 터진다.
터져 나온다.
산을 붉게 물들이는
저것은 불이다.
땅속 깊이 저장되었던
태양이다 태초의 말씀이다.
감히 읽지 못하고 함께 붉어지는
너는
성육신이다.
뼛속까지 타오르는
판게아다.
살아 저 숲 태우는 전능한
불이다.
내가 통독하고
내가 통곡하며 부복해야 할
경전이다.

둘레길 정경

내 품에 오라
손짓하는 너를 두고 저만큼
앞서 가는 눈발.

하아얀 네 품을
한사코 뿌리치던 내
투명한 마음.

알까 두려워
눈치 챌까 무서워
잰걸음으로 앞서 나아가는

눈의 숲이여.
숲의 조용한 깃이여.
가만히 선 내 위로 잔잔히 내리거라.

잔가지 위에 미풍으로 휘청, 쌓이거라.

나무가 자라는 마을

맑은 물속에서 나무가 자란다.
물결을 헤치고 물살을 저으며
나무는 마치 나무라도 되는 듯
그림 속의 풍경처럼 서서
서서 마을을 내려다본다. 사진처럼
사진 속의 풍경처럼 서서
서서 하늘에 비친 제 모습을 본다.
하늘이 조용히 내려와 물이 푸르다.
하늘을 받은 잎이 푸르다. 푸르다.
나무도 푸르고 푸르러서 물이 맑은 마을
물이 맑고 맑아 물속에서 나무가 자라는
마을 어귀에서 나는 이생이 다하면
나무가 되자 생각한다. 나무된 물처럼
물속에서 하늘하늘 비치는 한 점
풍경이 되자 생각한다. 이생의 한 산을
넘고 넘어 맑은 물속에서 조용히 자라는
꿈이 되자 생각한다.

小雪의 시

네 목소리가 만든 저
완만하게 굽은 길을 달린다.
바람은 불고 햇살은 내리고
너는 고즈넉이 노래를 부르고
나는 그 노래 속으로 달려서
귀가 순하다. 네 노래 소리에
심장의 박동마저도 너를 닮아간다.
손끝의 맥박마저도 너를 닮아간다.
따사로운 선율이여.
나른한 시간이여.
꿈같은 너를 잡고 내가 간다.
오후의 햇살 같은 네가 굴참나무 숲을 지나
억새풀의 손짓을 지나 철새들의 군무를 지나
고요하고 친근한 목소리로
이 땅을 물들인다. 네 손끝을 타고 온
노래의 잔향이 나를 물들인다.
이 겨울의 우주가 노래를 한다.
손을 잡는다, 네 음악의 길 따라
시간 첩첩 쌓여 햇살이 빛난다.

탐진강 일기

은결 넘실대는 실타래 같은 물살 타고
점처럼 흐르는 청둥오리들
별처럼 흐르는 가마우지 무리들
팝도 싫어, 뽕짝도 싫어, 파바로티도 싫어
그저 조용히 탐진의 물살 되고 싶은 순간이 있지
그저 조용히 강둑이라도 되고 싶은 순간이 있지
산그늘도 흔들흔들 흐르고
새들도 온몸으로 노래하는 강
가슴에 수굿이 밀려드는 때가 있지
마음에 뭉클 차오르는 때가 있지
흐르다 풀 만나면 풀 되고
흐르다 돌 만나면 돌 되고
흐르다 송사리 떼 만나면 송사리 떼 되는 강
여래의 눈웃음 같은 강
宗師의 法衣 깃 같은 강
그런 탐진에 귀의하고 싶은 때가 있지
탐진강*에 도화로 떨어지고 싶은 날 있지
인간도 종교도 모두 버리고

느긋이 그렇게 흐르고 싶을 때가 있지

* 전남 장흥군 유치면에서 발원해 장흥 시내를 관통하며 흐르는
  강이다.

낙산사에서

무슨 팔매질을 당하였기에
이리 시퍼렇게 멍들었는가
의상대 앞 푸른 파도여
기억처럼 혼곤히 밀려와
갯바위에 거꾸로 처박히고
늑골에 금이 간 산짐승처럼
꺽꺽, 꺽꺽 피울음 우는구나
목젖 따끔거리던 그날
저 시퍼런 물의 벽 앞에
주먹도 못 쥐겠더라
눈도 못 흘기겠더라
갯바위 틈에서 숨죽여 숨을 죽여
불러보는 그대
동해여
돌 틈에 숨은 내 사랑이여.

시월의 노래

필연의 바람이 분다.

날아오르는 철새는 철새의 운명
높이 떠가는 구름은 구름의 운명
이 가을에 당신을 만난 당신의 운명
시간의 뒤란을 관통하며 시나브로 바람이 분다.
가야 할 길을 훤히 알면서도
서두르지 않는 뜨거운 열정이여.
거리마다 길목마다 네 삶에 바쳐진
서늘한 사랑의 흔적들이여.
천천히 퇴색하던 네 마음이
긴 밤을 홀로 애태운 가슴의 피가
타는 듯 불타고 흐르는 듯 흘러서
푸르던 산맥을 태우고 푸르던 뿌리를 물들이고
이제 하늘 끝에서 잠시 머뭇거리는 가을밤에
성단의 묘지 같은 노래가 들려온다.
색 바랜 대지가 숨을 고른다.

겨울 산

나무가 나무 속으로 간다
바람이 바람 속으로 간다
돌들이 돌들 속으로 간다
눈길이 눈길 속으로 간다

나무 속으로 간 나무는 잎이 되고
바람 속으로 간 바람은 비가 되고
돌들 속으로 간 돌들은 자갈이 되고
눈길 속으로 간 눈길은 얼음꽃 되고

저 적막한 가변의 시.

숲

내가 숲길을 간다.
숲이 내 안에 있다.

네가 내 깊은 속을 가르며 간다.
내가 네 어둠 속을 가르며 간다.

네가 가면 숲이 나를 덮는다.
내가 가면 네 안에 숲이 자란다.

가만히 있어도 온통
숲으로 우거지는 수많은 네가

가만히 있어도 온통
우거진 숲이 되는 수많은 내가

밤 되면 하늘의 별도 되고
낮이면 구름 타는 바람도 되고

더러 텅 비인
보리수 되는

숲길을 내가 간다.
내 안에 숲이 있다.

눈

어디 깊고 깊은 가난이
이리 푸짐하게도 쌓이는가
바로 선 것들을 허물고
모로 선 것들을 넘어뜨리고
쩡쩡 순백의 도끼질로
와지끈 뚝딱 雪國의 神樹를 쓰러뜨리며
너를 덮고 깊숙이 덮어서
눈물의 결정을 만들고
온 들을 풍성히 덮어
네 시리고 외로운 두 손에
시나브로 와 닿는 별빛처럼
추억이 구물구물 잠기는 능선
외로운 발목에 쌓여 빛나는
저 천상의 빛.

고원에서

왜 이런 산협을 끼고 돌았는지는
당신 가슴에 아득한 숲만이 알겠지.
인적이 드문 곳은 나무가 몸을 앓고
고원의 집에서는 사람보다 산맥이
더 푸르렀지, 그 산골에 기대어
고단한 겨울잠도 얼음 같은 세간도
아아 비명 같은 아이들의 웃음도
차곡차곡 쌓여 당신의
첩첩산중을 이루는 곳.
고원의 바람만 알겠지. 왜 당신은
이 첩첩의 칼날 위에서 노래해야 했는지
이래도 살겠냐고 살아보겠냐고
시퍼런 장검의 날이 당신 산맥을 겨눌 때
운과 명의 저 깊은 산협 속으로
그 어두운 계곡으로 속절없이 구를 때
당신이 왜 하늘과 닿은 이곳 고원에
굴피를 엮어 나무를 쌓아 돌을 쌓아
번제의 단을 만들었는지를.

당신 가슴을
매일 걸어도 아득했던
조용한 그 숲만이 알겠지.

開花

세상에
세상에
저 붉은 망울들을 봐
저 탐스럽고 가벼운 봉오리를 봐
힘껏 더 힘껏
제 굴혈의 어둠을 족족 밀어올리더니
눈 속에 파묻혀 면벽수도 간절하더니
피를 뽑아 올려
골수에 사무친 시간을 녹여
마침내 꽃이 되었구나.
한세상 밝히는 빛이 되었구나.

봄꽃

푸른 봄날에 베어
붉은 피 흘리니
계절은 참혹하기도 하다.
저 환장할 놈의 꽃 처참하기도 하다.

칼날 같은 봄 위에 나도 아득히 핀다.
보아라.
피어나 서러운 꽃도 있다.
더러는 눈물이 사람을 만들 때도 있다.

꽃

너는
광염의 미소

홀로
흐느끼는
미완의 기도

가학과
피학의
교묘한 간극

쓸쓸한
주체의 타자*

내부를
사르고 피어난
욕망의 신성

함께

느끼고 싶은

그리운 연서

마침내 무위가 될 것이라는

무서운 예감.

* 주체의 타자는 시몬느 보부아르가 여성성에 대해 논하면서 도
  출한 여성에 대한 철학적 인식이다.

해설

멜랑콜리의 영원회귀

박찬일 (시인 · 추계예술대 교수)

멜랑콜리의 영원회귀

박찬일

> 기표와 기의
> 그 공간 사이를 흐르는 강물 위에 지은 이
> 막막한 집 한 채
> ─ 김동헌

철학적 인간학

인간이란 무엇인가? 피와 살의 덩어리! 20세기 초 벤 Gottfried Benn의 시집 『시체공시소─기타』(1912) 이후 변하지 않은 철학적 인간학이다.

> 배를 가르면
> 내 깊은 절망이나 외로움 따위의
> 흔적이라도 찾을 수 있을 줄 알았지
> 빌어먹을
> 고깃덩어리처럼 잘리고 기워진 복강
> 아프다, 아프다, 아프기만 하다
> 하지만 나는 신음조차 않는다.
> 묵묵히 배를 움켜쥐고 미간을 찡그릴 뿐

몸을 떠난 내 부패한 육욕을
냄새나는 염증 덩어리를
어디쯤에 함부로 버렸는지 모르지만
이 한심하고 느닷없는 장기의 적출로
원죄의 흉흉한 그늘에서 잠시
벗어날 수 있기를 바라면서
아픈 배를 끌어안고 힘주니
악취가 진동한다.

—「수술」 부분

피와 살의 덩어리인 한 인간은 창조의 왕관이 아니다. 소 돼지 닭과 다르지 않다. "고깃덩어리처럼 잘리고 기워진 복강"이 말하는 바이다. 더구나 영혼[정신]이 빠져나간 주검에서 더더욱 그렇다. "절망이나 외로움 따위의/ 흔적"을 주검에서 찾을 수 없다. 17세기의 뉴턴역학은 20세기 초반의 상대성원리에 의해 쉽게(?) 무너졌지만 1859년의 『종의 기원』이 말하는 진화론은 결코 쉽게 무너지지 않을 것으로 보인다. 아니, 인간의 조상이 소 돼지 닭의 조상과 다를바 없는 것을 말하는 진화론은 인간 멸종 이후까지 살아남을 확률이 높다. '인간이란 종도 고정되지도 않고 영원하지도 않다.' 『종의 기원』의 차분한 전언이다. 그동안 5번의 대멸종 중 최상위 포식자는 전부 전멸하였다. 인간이란 무엇인가? 무신론적 진화생물학자들에게 대답은 항상 똑같

다. '피와 살의 덩어리!'

인류 멜랑콜리

5번의 대멸종 중 중생대 트라이아스기 주라기 백악기의 공룡의 멸종을 포함한 최상위 포식자들은 예외 없이 멸종당했다. 인류가 예외가 될 수 없다. 인류세anthropocene의 인류라는 최상위 포식자 또한 멸종의 덫에서 빠져나갈 수 없다. 기후온난화에 의한 멸종이거나, 공룡시대의 대멸종처럼 소행성에 의한 멸종이거나, ASI [수퍼인공지능 artificial superintelligence]에 의한 멸종이거나 말이다. 인간 또한 사라질 것이다. 인간은 기억조차 되지 않을 확률이 높다. 다시 진화가 시작되어 인류라는 황인종-흑인종-백인종이 나올 확률은 제로다. 인류가 알루미늄 캔이나 페트병이라는 기술화석technofossil 으로라도 기억될 확률은 거의 0%이다. 멸종은 거의 100% 확률, 기억될 확률은 거의 0%, 이것이 인류라는 히스토리의 실상이다.

그대에게 닿으려 했습니다.
하지만 그대는 없고
유골의 시간만 잔뿌리를 내리고 있었습니다.

이 별에서는
나조차 희미합니다.

흔적을 찾을 수도 없습니다.

—「길을 잃고서」 부분

병의 형이상학

① 병이 구원일 때가 있다. 구원이므로 병의 형이상학이다. 구원이 아닌 경우가 대부분이므로, 병에서 구원을 말할 수 없는 경우가 대부분이므로 병의 反형이상학이다. 병이 형이상학인 것은 우선 "공평" 때문이다. "존엄이나 남루"이든 두루 공평하고, "산이나 강에 두루 공평"하게 뿌려지기 때문이다. 존엄이나 남루 가리지 않고 병에 걸릴 때, 그러니까 병이 보편적 진리인 것을 말할 때, 병이 구제형이상학이 아닐 리 없다. 병이 진리로 정당화될 때 병이 구제형이상학이 아니 될 리 없다. 진리는 반박될 수 없는 것으로 해서 진리이고, 수용될 수밖에 없는 것으로 해서 진리이다. 진리가 병과 죽음을 피할 수 없는 것으로 말하고 병과 죽음을 피할 수 없는 것으로 정당화시킨다. ② 죽음이 진리로서 정당화될 때 자청하는 죽음 또한 가능하다. 미리 죽는 죽음 또한 가능하다. "너를 밀치고/ 꾸역꾸역 내가 간다/ 살아서 죽은 눈물이 간다"가 말하는 바다. 자발적 죽음에 합류한 것을 인류보편적이 아니라고 말할 수 없다. ③ 죽음을 무서워하지 않는 것이 '완전한 죽음'의 조항 1이다.

모든 것을 삼키는 이여.
죽어도 죽지 않는 침묵의 포식자여.
병은 무릇 정상적인 것을 먹어치워
비정상적으로 번식하는 것.

존엄이나 남루나
사랑이나 미움이나
가난이나 물신이나
산이나 강에게 두루 공평한 자여.

공평무사해 찬양받을 자여.
개체를 죽여 전체의
균형을 맞추는 전능자여.
나를 주장하는 익명의 권세여.

너를 밀치고
꾸역꾸역 내가 간다.
살아서 죽은 눈물이 간다.
                                        —「炳」 부분 ①

징징대는 건 내 몫이 아니다.
기꺼이 일어나 위선의 세수로
밤의 역사를 지우고

오늘을 맞아야 한다. 그리고
오늘도 죽고, 죽고, 또 죽어서
내 은혜의 시간을 단축시켜야 한다.
당위인 절명을 기쁘게 연습해야 한다.
점점 정체를 드러내는 아침 산을 보며

—「새벽에 일어나서」 부분 ②

제 장례식에 오세요.
삼일 동안 당신을 기다리지요.

—「초대」 부분 ③

몰락의 전면적 긍정

슬퍼하는 자, 영원히 슬퍼하게 하라.

울고 있는 자, 영원히 울게 하라.

저 분홍 꽃잎 바람에 날리는 날

나를 데리고 먼 곳으로만 떠도는 바람이여.

내 가여운 영혼도 떠돌게 하라.

가벼운 마음도 떠돌게 하라 […]

상처받는 자, 영원히 피 흘리게 하라.

저 핏빛 선연한 골짜기에

죽어서도 영면할 수 없는 돌무덤 되게 하라.

―「哀歌」 부분 ①

새벽이 지나면 아침이 온다.

문제는 시간이다. 새벽을 견인할 시간이 없다.

아침을 본 지 오래다 내 시간은 온통 밤, 밤, 밤

밤으로만 흘러서 깊고, 어둡고, 고요하고, 아름답다.

고통이라는 말은 고통스러운 말이다.

저 밤같이 어두운 말이다. 아침이 오지 않는 말이다.

―「새벽이 오지 않는다」 부분 ②

세상이 공평하지 않다. 공평하지 않은 세상을 넘어가는 방법 중 하나가 공평하지 않은 세상을 그대로 흘러가게 내버려두는 것이다. 공평의 목록에 들지 않은 슬픔을 받아들이고, 울음을 받아들이는 일이다. ① "가여운 영혼"도 "가벼운 마음"도 그냥 "떠돌게" 하는 것이다. 동일한 것의 영원한 회귀가 세상의 이치인 것을 깨달은 자가 "상처"를 긍정하고, 무엇보다 "영원히 피흘리게 하라"고 외칠 수 있는 것이다. 김동헌 시인의 내공은 긍정에 있다. 하물며 그것이 멜랑콜리이든 우울의 극단이든 깊은 긍정에 있다. "죽어서도 영면할수 없는" 영원히 회귀하는 "돌무덤"을 긍정하는 데 있다. '돌무덤아 와라, 다시 한 번 살아주리라, 돌무덤이 말하는 방식 그대로 살아주리라.' 영원회귀를 깨달은 자의 목소리이다. ② 깊은 밤, 어두운 밤을 긍정한다. 심지어 화자는 깊은 밤, 어두운 밤을 아름다운 밤이라고까지 느낀다. 깊은 밤과 어두운 밤이 영원히 회귀하는 것이라면, 아름다운 밤이라고 말하지 못할 까닭이 없다. 大긍정하지 못할 까닭이 없다. 깊은 밤, 어두운 밤, "온통 밤, 밤, 밤"을 아름다운 밤으로 깨치기까지 시인은 얼마나 긴 "고통"의 시간을 보냈을 것인가? "아침이 오지 않는 말" 자체인 고통의 시간을 뒤로했을 것인가?

초록무덤

지구가 초록인 것은 녹의의 무덤들 때문이다. 지구가 녹색인 것은 죽은 생명이 최종적으로 흘러들어가 녹색으로 빛나는 녹의의 바다 때문이다. 지구를 초록별이라고 하는 까닭이다. 어디 죽음 아닌 곳이 있으랴?

> 개여 혀 물고 헐떡이다 객사하는 것이
> 어디 너 뿐이랴 길 위에는
> 숨을 쉬며 걷던 뭇 생명의
> 찢기고 흩어진 흔적 투성이다.
> 생명을 주관한다는 건
> 죽음을 방기한다는 것?

어떤 삶도 신의 가호 아래 있지 않음을
이제 알겠다.

—「로드 킬」 부분

"어디 너뿐이랴, 길 위에는/ 숨을 쉬며 걷던 뭇 생명의/ 찢기고 흩어진 흔적 투성이다." 아침이 가고 밤이 오는 것이 너만 말하지 않는다. 그리고 밤이 되풀이되는 것이 너에게만 해당되는 말이 아니다. "어떤 삶도 신의 가호 아래 있지 않음"! 영원회귀는 죽음으로의 회귀가 영원히 동일하게 반복되는 것에 관해서이다.

가장 큰 죽음

가장 큰 죽음을 말할 때 그것은 신의 죽음에 관해서이기도 하고 어머니의 죽음, 어버이의 죽음에 관해서이기도 하다. 어머니–아버지의 죽음을 일평생 가슴에 이고 살아야 하는 것이 인류의 숙명이다. 어머니–아버지가 다시 돌아온 것을 본 적이 없다. 어머니–아버지는 늘 죽음, 늘 "기울기만 하는" 어머니–아버지로서 각자 가슴속에 유골함으로 안치되어 있을 뿐이다. 내가 어머니–아버지의 뒤를 따를 때 어머니–아버지의 유골함은 완전히 기울어 허공에 흩뿌려질 것이다. 자연은 우리에게 관심이 없다. 죽은 자 또한 자연에 합류한다. 돌아가신 어머니의 날들은 "무심한 날들"이다. 어머니는 무심하서 꿈에서도 나타나지 않는다. 어머니가 돌아오실 리 없다. 자연의 이치다 ; "기억도 추억도 없는 그곳은 평화 평화가 비처럼 내리니꺼?" (「조의제문」 부분) 라고 김동헌이 한탄하는 이유이다. 그곳이 평화여서 이쪽에는 관심이 없는 거냐고 김동헌이 한탄하는 이유이다.

달이여 가슴시린 내 기억이여.
내가 마른 나무 뒤에 숨은 달무리 될 동안
너는 여전히 내 하늘이 되어
간절하게 어머니의 밤을 건디었던 것인가.

이제는 기울기만 하는
내 어머니의 무심한 날들처럼?

— 「달」 부분

영원회귀 사상의 경지

영원회귀 사상의 경지가 잘 발휘된 시편이 「환생」이다. 환생은 물론 희로애락의 환생이고, 생로병사의 환생이다. 동일한 것의 영원한 회귀를 말할 때 이것은 죽음과 같은 삶의 영원한 회귀에 관해서이고, 죽음에 이르는 병의 영원한 회귀에 관해서이다. "내생의/ 부질없는 기쁨"을 또 한 번 또 한 번 견디는 자를 통해, 영원히 견디는 자를 통해 영원회귀 사상의 명수를 드러냈다.

내 오랜 잠의 끝에서

계절이 바뀌고 강산이 변한 것이

몇 번째이던가. 셀 수 없는 윤회를 벗고

내 몸을 던져 피워 올린 꽃무리들

나를 떠나간 생명의 뿌리로

흙빛 뇌의 기억 하나 두울 솎아내어

푸른 잎 되었다가 꽃 피워낸 한숨의

열매되었다가 바람 불면 이토록

가벼운 내 홀씨를 훠이 훠어이

손가락 사이로 날려

어느 깊고 먼 햇살로 부서지다가

저물 무렵이면 다시 내생의

부질없는 기쁨을 홀로 타는

석양에 묻나니 석양에 묻나니.

—「환생」 전문

영원회귀 : 소멸의 우주사

영원회귀는 인간사에서만 구현되지 않는다. 소멸의 인간사는 소멸의 자연사를 넘어 소멸의 우주사이기도 하다. 소멸의 자연사–소멸의 우주사 역시 영원히 회귀한다. "태초의 말씀" 또한 영원히 동일하게 회귀한다. 김동헌 시인이 "통독"하고 "통곡"하는 것은 한순간 불타는 "섬단풍나무" 때문이 아니다. 동일한 것의 영원한 회귀를 통독하고 통곡한다.

산을 붉게 물들이는

저것은 불이다.

땅속 깊이 저장되었던

태양이다 태초의 말씀이다.

감히 읽지 못하고 함께 붉어지는

너는

성육신이다.

뼛속까지 타오르는

판게아다.

살아 저 숲 태우는 전능한

불이다.

내가 통독하고

내가 통곡하며 부복해야 할

경전이다.

— 「섬단풍나무」 부분

무에 관하여

"반복이 반복되는 하루" 의 반복이 이승의 반복을 표상한다고 치자. '반복이 반복되는 나라' 의 반복이 저승의 반복을 표상한다고 친다.

반복이 반복되는 하루를

귀하는 잘도 건너서 이 밤으로 왔군요.

저무는 밤의 어귀를 지나, 어라!

123

여기저기 백골이 걸어 다니는 번화가를 지나
귀하는 나비처럼 날아서
흔적 없이 어둠의 근골 속으로 스며드는군요
살아 있다고, 살고 있다고 철석같이 믿고 있는
귀하의 이름 아래에는
피로 흘려 쓴 謹弔, 두 글자가 흐릿하고
화분의 흰 국화도 시나브로 시들어 버렸군요.
반복이 반복되는 나라에 오신 것을 환영합니다.

—「탁」 부분

'반복이 반복되는 나라'의 반복이 저승의 반복이고, '반복이 반복되는 하루'의 반복을 이승의 반복으로 보는 것은 첫 두 행 때문이다. "반복이 반복되는 하루를/ 귀하는 잘도 건너서 이 밤으로 왔군요"라고 했기 때문이다. '반복이 반복되는 하루'가 하루로 표상되는 낮을 건너 "밤"과 갈라지는 것이 분명하다. 문제는 이승과 저승이 같은 반복으로서, 서로 다를 바 없는 곳이라 한 것이다. 반복은 복잡이 아니라 단순을 표상한다. 저승이 無로서 단순을 표상하는 것과 마찬가지로 이승 역시 단순을 표상한다고 했다(無는 '단순성'과 엔트로피[무질서도]가 제로인 곳을 표상한다. 그리고 완벽한 대칭을 표상한다). 이승 역시무nothingness와 같다고 한 것이다. 「탁」은 이승을 무와 같이, 무처럼 사는 자가 쓴 글이다. 무의 다른 말이 저승이고, 죽음이므로,

이승을 죽음과 같이 사는 자가 쓴 글이다. 살아 있어도 살아 있는 것이 아니라고 한 것이다. 인용 넷째 행의 "여기저기 백골이 걸어 다니는 번화가"가 '살아 있다고 살아 있는 것이 아니다'라는 명제를 포함하고, 한편으로 살아 있어도 살아 있는 사람이 아닌 사람이 단수가 아니라, 복수라고 한 것을 포함한다. 단수보다 복수가 얘기하는 것이 '진리'에 더 가깝다. 복수의 사람이 '살아 있다고 다 살아 있는 것이 아니다'라고 하면 사실 할 말이 없다. 사실, 살아 있어도 모두 살아 있다고 할 수 없는 것이다. 살아 있어도 죽은 삶을 사는 사람이 있다.

　화자는 반복이 반복되는 것이 가장 단순한 것으로서, 無를 표상한다고 봤다. 화자는 세계가 이승이든 저승이든 무로 판명된 것을 알렸다.

상처에 관하여

내 몸은 아무것도 기록하지 않을 것이다. 정신을 기록했어도 정신 또한 기억되지 않을 것이다. [우주는 너무 넓고 인간은 너무 작다] "녹"으로 기억되기보다 무엇으로도 기억되지 않는 것이 낫다. 방파제 끝에서 사라지는 정체성과 "제 몸의 부식으로 다하여 없어지는 강철의 정체성"이 말하는 것이 같다.

　철근의 삶은 녹으로 기억된다.

저 산화한 철근의 흔적

벽을 붉게 물들이며 흘러내리거나

제 몸의 부식으로 다하여 사라지는 강철의 정체성

— 「녹」 부분

정치적 불의에 관하여

존재적 불의보다 정치적 불의에 맞서라. 탁상공론을 말할
때 그것은 존재의 불의에 관해서이다. 고담준론을 말할
때 그것은 내재적 불의, 다름 아닌 정치적 불의에 관해서
이다. 다시 태어나면 "다시 살아 세상 밝히거라"라는 말
귀담아 듣겠다. 修身齊家治國平天下하겠다. 존재혁명 아
닌, 정치혁명하겠다.

타오르거라.

6노트의 물살에 휩쓸려간 내 꽃잎들이여.

타올라 저 모오든 불의를 사르거라.

솟아나거라.

이제 스스로 빛날 아들이여, 딸이여!

부끄럼 없이 이 땅에 다시 살아 세상 밝히거라.

— 「落照賦」 부분

술에 관하여

무엇으로 사는가? '밥통으로 산다.' 술통을 나르며 밥통을 해결하는 것이 맞다. 밥통이 먼저 가고 술통이 그 뒤를 따른다. 밥 먹기 위해서는 술도 버려야 한다("술통을 날라야 밥통을 채울 수 있다는 것을/ 술통을 나르는 사람은 절대 취하면 안 된다는 것을"). 술통을 나르며 밥통을 해결하는 사람이 부럽다. 보통 밥통을 나르며 술통을 해결한다. 술통을 나르며 밥통을 해결하는 것이 대지에 가깝다. 이 시대의 대지철학이다.

> [···] 지천명이
> 넘어서야 나는, 겨우 술통과 밥통이 한통속임을
> 본다 술통을 날라야 밥통을 채울 수 있다는 것을
> 술 나르는 사람은 절대 술 취하면 안 된다는 것을
> ─「어떤 아르바이트」 부분

귀머거리에 관하여

못 보는 것보다 못 듣는 것을 추천한다. 우리가 보통 넘어갈 때 그것은 들음에 의해서이다. 태초부터 듣는 것에 의해 넘어갔다. '태초에 말씀이 있었느니라' 태초에 대화가 있었느니라. 말씀으로부터 자유롭고, 대화로부터 자유로울 때 비로소 자립적 존재의 시작이다. '난청의 어머니'가

"안정" 되셨다. 사람이라는 눈이 있을 뿐이다. 고양이 눈이 있고, 뱀 눈이 있고, 스핑크스 눈이 있을 뿐이다.

> 귀 어두워진 어머니는
> 전보다 더 편안하시다.
>
> 소리들로 번민했던
> 한 여인의 생애는
> 난청이 오고서야
> 비로소 안정된 것인가
>
> ―「천국」 부분

햄릿에 관하여

인생의 대부분을 본래적인 것이 아닌, 실재가 아닌 허상에 바치는 것이 사실이다. 고뇌, 망상콤플렉스, 공황장애들 모두 "착각" 이다.

> 꽃은 나비를 가진 줄 안다.
>
> 나비는 꽃에 앉은 줄 안다.
>
> 착각은 고뇌를 부르고
>
> 고뇌는 이상한 세상을 만든다.
>
> ―「꽃과 나비」 부분

없는 것을 있다 하고 거기에 시달린다. 망령[망상]에 시달리는 햄릿이 불쌍했다. 곧 망령[망상]인 것을 깨달은 햄릿이 부러웠다. 햄릿이 궁극적으로 깨달은 것은 이래도 잔혹한 인생, 저래도 잔혹한 인생, 소위 '출구 없는 상황 Weglosigkeit'에 관해서였다.

멜랑콜리에 관하여

니체가 가장 큰 심연의 사상을 영원회귀 사상이라고 했다. 생로병사의 殘酷史가 똑같이 되풀이되어도 똑같이 살아주겠고, '똑같이 죽어주겠다'가 영원회귀 사상의 핵심이다. 영원회귀 사상을 감당하기엔 우리 인생은 너무 작다. 우리 인생은 영원회귀 사상을 감당하기가 벅차다. 영원회귀 사상 대신 멜랑콜리 사상이 있다. 멜랑콜리 사상은 멜랑콜리를 감당하는 것에 관해서이다. [영원회귀 사상이 영원회귀를 감당하는 것에 관해서였다] 멜랑콜리 사상은 미리 유골함을 내 가슴에 안치시켜(망자의 유골함이면 된다. 아주 가까운 자의 유골함이면 더 좋다), 미리 내자신의 유골함으로 살아가는 것이다. 물론 애도불가능성을 먼저 선언하고 말이다. 미리 죽어 생로병사를, 특히 죽음을 무상하게 하는 것이다. 멜랑콜리 사상 역시 무상한 삶을 속수무책 당하지 않고, 죽음을 무상하게 하는 사상이다.

김동현 시인의 멜랑콜리가 깊다. 멜랑콜리가 "심연의

어둠"으로 재현되었다. "내 비밀의 상흔"으로 치환되었다.

　　나를 퍼내다오.
　　내 깊은 심연의 어둠을 퍼내다오.

　　당신의 흔적까지 퍼내고 또 퍼내야
　　내 안에 가득 나를 채울 수 있으니
　　티 없는 하늘과 붉은 노을 담을 수 있으니.

　　나를 퍼내다오.
　　내 비밀의 상흔을 퍼내다오.
　　　　　　　　　　　　　　　　　　　　—「우물」 부분

무엇보다 멜랑콜리가 "당신의 흔적"되었다. 당신의 흔적이 얼마나 큰가? "깊은 심연의 어둠"과 같은 크기이고, 또한 "티 없는 하늘과 붉은 노을"과 같은 크기이다. '어둠'과 '빛'을 다 담을 수 있는 멜랑콜리에 걸린 멜랑콜리커의 모습을 명시적으로 누출시켰다.

봄날은 간다

　　봄비에 젖는 밤 그림자
　　밤비에 웃는 봄 그림자

내 꿈은 봄비 내리는 밤에 부는 고원의 바람

어디로 가야 하나
밤 그림자에 눌린 몸 벗을 수 없는데
봄 그림자에 웃는 사람의 아들

봄밤에 서성이는 당신 그림자

명치끝에서 피어나는 아득한 꽃비.

—「봄밤」 전문

봄밤에 갇혀 있는 것은 '봄밤'이 철창구조, 즉 갇힌 구조로 짜여져 있기 때문이다. 봄과 밤의 종성이 ㅁ으로서 구속을 표상했다. 봄과 밤의 초성 ㅂ이 ㅁ의 아류로서 역시 구속, 혹은 쇠창살을 표상했다. 봄비–밤비의 비의 ㅂ도 마찬가지로 쇠창살을 표상한다. 拘束의 절정을 꿈이고 몸이다. 꿈의 ㄲ을 재구성하면 ㅁ이 된다. 꿈의 종성 역시 ㅁ이다. 몸의 초성과 종성 역시 ㅁ이다. 그림자, 명치 등 거의 모든 기표가 ㅁ의 파노라마이다. 무엇보다 사람의 람의 종성이 ㅁ으로서 구속을 마무리한다. ㅁ이 표상인 구속, 구속을 그린 절창이다. 구속에서 빠져나가기가 곤란할 때 내는 소리가 있다. "어디로 가야 하나"; '어디로 가야 하나' 어느 어절에도 ㅁ이 말하는 구속이 없다.

에로티즘에 관하여

한몸 되어 있었던 흔적이 배꼽이다. 배꼽이 생명 둘이 함께 있었던 것에 대한 가장 유력한 증거이다. 정확히 얘기하면 몸 안에 있는 몸 이야기다.

> 피가 흐르지 않아요.
> 우리가 한몸이었던 흔적은 퇴화되어
> 화석이 되었군요 화석이 되었군요.
> 그대가 내게로 흐르던 길
> 내가 그대 향해 흐르던 길
> 어두운 크레이터가 되었네요.
>
> —「배꼽동맥」전문

한몸은 끝나게 되어 있다. [모든 것은 상대적이고 상대적인 모든 것은 움직이고 움직이는 모든 것은 사라진다] "화석"으로 남는다. "어두운 크레이터"로 남는다. 에로티즘이 배꼽에 대한 추억일까? 한몸에 대한 추억, 몸 안에 있었던, 몸에 새겨진 추억이 에로티즘에 반영된 것일까? 죽을 때까지 파고드는 삶, 에로티즘 말이다.

인연에 관하여

인생이란 무엇인가? 인연을 맺고 끊는 일이 아닌가? 인연을 맺고 끊는 일의 연속이 아닌가? 돌아보라, 어떤 인연들을 맺고 끊었는지를.

9.2초의 끌림
775일의 사랑

안드로스테론의 법칙은
틀려먹은 것 같다.

45일이 더 갔으니까.

사랑은 오래 참지 않습니다.
사랑은 호르몬의 장난일 뿐입니다.

— 「어떤 허무에 대하여」 부분

인생이란 무엇인가? 인생을 맺고 끊는 일의 연속이다. 내일도 바람이 불 것이다. 바람이 불어 인연도 올 것이고, 그인연도 바람 따라 갈 길로 갈 것이다. 인연은 오래 가지 않습니다. 인연은 "호르몬의 장난일 뿐입니다."

빅뱅에 관하여

한 점이었던 우리가 팽창해 마침내
폭발한 것은 그 빌어먹을 사랑 때문이었다.
우주가 무한 팽창하듯, 서로에게 작용하는 引力은
무한한 斥力의 근원이 되어 너를, 나를
은하 너머로 흩어 놓았다

— 「빅뱅」 부분

"인력"[중력]과 "척력"의 균형은 없다. 중력에 관계하는 암흑물질과 척력에 관계하는 암흑에너지의 균형은 없다. 암흑물질과 암흑에너지가 우주에서 차지하는 비율은 25:70 정도이다. 인력과 척력의 불균형과 사랑의 불균형은 상호유비이다. 사랑의 불균형의 원형이 인력과 척력의 불균형이다. 인력은 지게 돼 있다. 구심력은 원심력에 지게 돼 있다. 규칙 규범 규율 등을 포괄하는 대칭은 비대칭에 지게 돼 있다. 간단하다. "끌어당기려는" 힘은 멀어져 가려는 ["팽창"하는] 힘에 지게 돼 있다. 더 사랑하는 사람의 비극은 그가 더 사랑한 데에 있다.

존재 망각의 시대

'그의 이름을 불러주었을 때 그는 나에게로 와서 꽃이 되었다.' 이렇게 말하는 경우가 있었다.

숲에 가면
숲이 사라지고
산 오르면
산이 사라진다.

나를 보면
내가 없고
네게로 가면

네가 사라진다.

— 「바보」 부분

김동헌은 "숲에 가면/ 숲이 사라지고/ 산 오르면/ 산이 사라진다"고 읊었다. '그의 이름을 불러주었을 때 그는 나에게로 와서 꽃이 되었다'와 '숲에 가면/ 숲이 사라지고/ 산 오르면/ 산이 사라진다'는 통사구조(조건부/결론부)가 비슷하더라도 의도하는 것은 전혀 다르다. 후자는 고향상실의 시대, 무엇보다 '존재 망각의 시대'에서 일어나는 일이다. 전자는 아담 시대, 천지창조 시대에 일어나는 일이다. '존재'의 시대로 돌아가고 싶다. 고향에 가고 싶다. 다시 천지창조의 시대[에덴동산의 시대]에서 살고 싶다. 천지창조의 시대는 플러스의 시대였으나, 김동헌 시인의 시대는 마이너스의 시대가 되었다("나를 보면/ 내가 없고/ 네게로 가면/ 네가 사라진다").

멜랑콜리─멜랑콜리

너와 내가 합동이 되는 경우를 말할 때 에로티즘을 떠올리기도 하고, 멜랑콜리를 떠올리기도 한다. 김동헌 시인에게 에로티즘으로서 合同은 어림도 없다. 김동헌 시인에게 멜랑콜리─멜랑콜리에 의한 너와 나의 합동이 적나라하다.

그대가 돌아온다.
밤배 같은 그대, 그대가 돌아온다.
찬 새벽 위로 미끄러지듯 달리는 魂
젊어 빛나는 눈빛이 들어온다.

널 떠나기 위한 출항이
널 향한 회항이 되고 말았다 젊음아 […]

네 가슴앓이가 내 가슴앓이 되어
너를 떠난다, 나를 찾아서.

—「새벽, 목포항」 부분

"네 가슴앓이가 내 가슴앓이 되"는 절차가 김동헌의 합동
이다. 김동헌에게 "출항"이 늘 "회항"이다. "널 향한 회항"
이다. "너"와 "나"는 서로의 분신이다.

멜랑콜리커들

아버지에 대한 애도가 깊다. 이번 시집의 많은 시편들이
아버지를 위한 애도가들이다. 비가로 부르지 않을 이유가
없다. 화자에게 고향은 '돌아갈 수 없는 고향'이고, 이상은
"도달할 수 없는 이상"이니 말이다.

눈물 위에 피다

가슴속에 흐르다

이 세상을 적시며
저 세상으로 흐르는
저 쓸쓸한 사람의 등판

밤에 빛나다
심장에 박히다.

—「밤비」부분

아버지도 멜랑콜리에 젖어 있는 멜랑콜리커가 아니었을
까?' 아버지와 자식은 상호 슬퍼하는 상호 멜랑콜리커들
이 아니었을까?' 시 「밤비」가 그것을 말한다. "이 세상을
적시며/ 저 세상으로 흐르는/ 저 쓸쓸한 사람의 등판", 특
히 '저 세상으로 흐르는 저 쓸쓸한 사람의 등판'이라고 했
다. 적어도 아버지의 멜랑콜리를 말할 수 있는 부분이다.

'진정한' 멜랑콜리는 그래도 화자 몫이다. 살아남은 자
의 슬픔은 많은 경우 자식의 몫이다. "밤에 빛나다/ 심장에
박히다"로 시를 끝냈다. 심장에 박힌 것은 '밤' – "밤비"만
은 아니다. 애도집중에 쓰던 에너지, 곧 리비도에너지가
심장에 박혔다고 한 것이다. 아버지의 유골함이 심장에
박혔다고 한 것이다. 아버지의 멜랑콜리로 시작해서 화자
의 멜랑콜리로 끝냈다. 절창이다.

멜랑콜리커

> 네가 나를 버리고 떠난 그날
> 달무리처럼 커다란 구멍이
> 앙가슴에 바람 길을 내었나니
> 요나처럼, 요나처럼
> 불신의 거울을 주문처럼 닦으며
> 고인 물로 나를 속이며
> 세상을 속이었나니
> 더 이상 버겁게 차오르지 못하고

—「滿月」부분

"앙가슴"에 "커다란 구멍"을 내고, '바람 길'을 내고, "물"을 채웠다. 물은 생명수도 표상하고 오필리어 모티브에서처럼 "죽음"을 표상한다. 물론 화자에게 물은 "고인 물"로서 죽은 물이다. 스스로 고이게 한 물로 '나를 속이며/ 세상을 속이었'다고 고백했다.

삶을 자청한 것이 아니라, 죽음을 자청했다. 오필리어처럼 죽음을 자청한 이유는 물론 리비도 전부를 애도집중에 할애했으나 결론은 애도불가능으로 판명 났기 때문이다. 이제 리비도 애도집중은 '아버지'에게 향하는 것이 아니라, 나에게 향한다. 리비도 애도집중이 여기에서도 실패하면 정말 멜랑콜리커다. 오필리어가 한발 먼저 간 것이 된다.

訃告 멜랑콜리

부고란을 보고, 혹은 부음을 듣고 오는 자들의 대부분은 '2차적' 애도행렬들이다. 1차적 애도는 부고를 띄운 자들에 의해서이다. 1차적 애도 멜랑콜리와 2차적 부고에 의한 애도 멜랑콜리를 말할 수 있다. 2차적 부고에 의한 애도 멜랑콜리에서 상대적인 것이지만 이성적 태도를 말할수 있고, 1차적 애도 멜랑콜리에서 역시 상대적인 것이지만 이성적 태도를 말하기가 곤란하다. 따라서 주목되는 것은 부고에 의한 2차적 멜랑콜리에서 죽음에 대한 성찰 기회가 더 많이 주어지는 점이다. '죽음연습'은 부고에 의한 2차적 멜랑콜리커들에게 더 많이 주어진다는 점이다. 1차적 멜랑콜리커들에서도 죽음연습을 말할 수 있으나 객관적 성찰 기호의 부재로 인해 그들에서 온전한 죽음연습을 말하기가 곤란하다. 부고[부음]을 받고[듣고] 자주 장례식장을 찾는 자들에게 오히려 죽음의 명수를 말할 수 있다. 차분하게 죽음을 관조하는 기회가 많은 자들이 죽음의 명수가 된다.

꽉 들어찬 화환이 생경한 이곳 상청
부고를 보고 달려온 이들도
담담하긴 마찬가지라
서로 뜨악한 얼굴로 향 피워 재배하고
상주 손 맞잡고 조용히 흔들다가

아! 그래 그래 밥 먹어야지
된장국에 밥 말거나
소주잔 기울이며 넋이라도 나간 듯
두런대다가
휴대폰 들여다보며 짐짓 바쁜 척하며
아귀지옥의 인파 속으로
휩쓸려 나가는 등판마다

訃告, 日收로 찍힌다.

—「부고」 부분